CHOREGRAPHUS

OU

LA REJOUISSANCE INFERNALE.

POEME.

AVEC UN RECUEIL DE Piéces Fugitives, au sujet des Matieres du Tems.

A CONSTITUTIONOPLE,
DE L'IMPRIMERIE CALOTINE.

M. DCC. XXXII.

PIECES

Contenuës en ce Recüeil.

EPITRE
A MOMUS.

DIeu Protecteur de la fine Satire,
TOY, qui médis de tout ce qui respire,
Gentil MOMUS*, répans sur cet Ecrit*
Le sel piquant de ton malin esprit;
Donne à mes Vers cette délicatesse....
Mais quoi? rêvai-je? à Momus je m'adresse
Pour dénigrer ses plus chers Serviteurs,
Par là j'entens la Bulle & ses Auteurs.
Non, je n'invoque aujourd'hui que la Bulle;
Je trouve en elle un fonds de ridicule,
Qui me tient lieu de verve & d'Apollon.
Rome en ce jour sois mon sacré Vallon.
Et Toi,, Lecteur, lisant ces Vers, pardonne
Tous leurs défauts. Comme on n'ose à personne
Se confier, il ne m'est pas facile
De les polir dans le tour, dans le stile.
Sur tels Ecrits faut garder le secret;
Et comment seul faire un œuvre parfait?
De plus Phebus qui fuit le Rigorisme,
Sert à regret l'ami du Jansenisme.
Les beaux esprits, vrais enfans des plaisirs,
N'ont pour rimer qu'à suivre leurs desirs.
Gays à la table, amoureux à Cythere,
Ils ont toûjours la plus riche matiere
A s'exercer. Les Vers n'ont été faits

Par sauts, par bonds, il m'approche, il grimace.
Faut l'avoüer, j'étois des plus saisis.
Mon Diablotin, après plusieurs lazis,
Tours, soubresauts, cabrioles, gambades,
Connois, dit-il, à ces pantalonades
CHOREGRAPHUS, le Maître des Balets
De Lucifer. Dans tes pensers secrets
J'ai pénetré. Je viens donc pour t'aprendre
Un trait plaisant qui paroît te surprendre.
L'Ecrit nommé *Les nouveaux Appellans*,
Qui parmi vous a cours depuis un tems,
Dit qu'on chomoit en l'infernal Empire,
Et la raison, il n'a voulu la dire,
Lorsque Palerme abîmé ne fut plus
Qu'un gouffre affreux, dont l'immense *hiatus*
Absorba tout, & qu'on vit pêle-mêle
Ecrits chez nous tomber dru comme grêle,
Et cætera. Mais apprens en ce jour
A quel sujet le ténébreux séjour
Etoit en fête. En des cas d'importance
L'Enfer se livre à la réjoüissance.
Quand, par exemple, Ignace eut inventé
L'Ordre fameux de la Societé,
Trois jours durant dans les Royaumes sombres
Satan donna licence entiere aux ombres.
Quand Port-Royal (ce coup-là fit grand bruit)
Par nos Agens fut à la fin détruit,
Lucifer dit, que ce jour mémorable

Soit célebré comme un jour fériable:
Mais parmi nous jamais on n'en fit tant;
Que quand parut la Bulle de Clement.
Il m'en souvient : tout l'Enfer fut en danse;
Je signalai ce jour-là ma science.
On vit alors, & Damnés & Démons,
Tant qu'on eût dit qu'ils étoient compa-
gnons,
Danser ensemble. A cette époque illustre
Lucifer doit la moitié de son lustre.
Il falloit bien, comme en remerciment;
Fêter le jour d'un tel évenement.
Aussi fit-on pendant une semaine....
Mais revenons au sujet qui m'ameine.
Çà, point de peur. Si tu veux sçavoir tout;
Ecoute-moi de l'un à l'autre bout.
Du Souverain du ténebreux Empire
C'est le discours. Rien ne peut mieux t'ins-
truire
De cette fête, & sur tout du sujet.
Mon Lutin garde un moment le *Tacet*.
Ayant toussé, salué l'assistance,
(C'étoit moi seul) gravement il commence.
Un beau matin le Héraut infernal
Cria, donnant de sa corne un signal,
De par Satan, Seigneur des païs sombres;
Salut & joye aux Démons comme aux om-
bres.
Il est enjoint (tel est notre plaisir)
A nos Sujets de se bien réjoüir.
L'Enfer surpris d'une telle Ordonnance;

N'entendoit rien à la réjouïssance.
Pourquoi ceci, s'entre-disoient-ils tous ?
Messer Satan, vous vous moquez de nous,
C'est rareté qu'ici bas voir des Fêtes,
Avez-vous fait là haut quelques conquêtes ?
Voici pourquoi, répondit Lucifer,
Nous ordonnons cette fête en Enfer.
Depuis long-tems les nommez Jansenistes,
Grands ennemis de nos aisez Casuistes,
De Port-Royal suivoient si bien l'esprit,
Que par leurs soins tomboit en discredit
Notre sistéme. A l'huis de pénitence
Si durement cette maudite engeance
Traitoit les gens, qu'on n'osoit plus pécher.
Par leurs Sermons tant bien sçavoient toucher,
Qu'on se rendoit à leur morale austere.
Plusieurs d'entr'eux prêchoient, mais de maniere
Qu'en les oyant falloit se convertir
Sans differer, ou bien falloit sortir. (*a*)
Quoi, dis-je alors, ils séduiront la Ville ?
Tout mon pouvoir contr'eux est inutile ?
Corne de Bouc ! j'aurois donc vainement
Fait fabriquer la Bulle par Clement ?
Je souffrirois l'odieux Quénelisme
Décrediter par tout mon Molinisme ?

(*a*) Un Molinifste d'esprit, mais entêté, sortit un jour au milieu d'un Sermon du P. Terrasson de l'Oratoire, de crainte, dit-il, de devenir Janseniste malgré lui.

D'un tel progrès interrompons le cours.
Ce qui fut dit, fut fait en peu de jours.
Je vais sur terre, & là je me transforme
En un Jesuite ; on sçait que telle forme
Me plut toûjours ; avec un tel habit
On ne craint rien, on a par tout crédit.
C'est avec lui qu'on trouble les Provinces ;
Qu'impunément on fait tuer les Princes.
Sous cet habit je fais tous mes beaux coups,
Fors de tenter certain sexe aux yeux doux.
De cet habit qui fait toute ma gloire,
Je veux un jour vous raconter l'histoire
Et les effets. Bref pour le faire court,
J'entre à Paris ; de-là je vais en Cour.
En Diable expert en fait de Rhétorique ;
D'un air soumis, mais d'un ton Jesuitique
Je haranguai de la sorte Fleuri.
Souffriras-tu, Cardinal Favori,
Qu'on fasse naître au sujet de la Bulle
Doutes, remords, enfans d'un vain scrupule ?
La Gent Mitrée envain veut l'étayer ;
Boyer, Bazin, Terrasson, Molinier, (a)
D'autres encor par leur vive éloquence
Renversent tout ; forçons-les au silence,
Quand tout nous rit. Noailles, (b) Dieu merci,
Est mort. Colbert, le fût-il bien aussi ! (c)

(a) Quatre des plus célebres Prédicateurs de Paris, interdits par M. de Ventimille.
(b) Le Card. de Noailles. (c) M. de Montpellier.

Pour Ventimille, en tout ſens c'eſt notre
homme ;
Comme il attend le cher Chapeau de Rome,
Il fera tout pour le bien mériter,
N'a-t'il pas chef qu'il faut pour le porter ?
Envain dit-on qu'il n'eſt pas très capable,
Fors d'un ſeul point, d'être long-tems à table
Sans déplacer. Chacun, comme on ſçait bien,
A ſon mérite, hé bien, boire eſt le ſien.
Ce qu'il a fait ci-devant en Provence,
Nous fait avoir de lui pleine aſſurance.
Du Janſéniſme il faut qu'il vienne à bout,
Le ciel aidant, & vous qui pouvez tout.
Dans ſon Egliſe, ô la belle réforme !
Nous y verrons bien-tôt toute autre forme.
S'il n'a pas fait juſqu'ici grands progrès,
A qui s'en prendre ? aux ennemis ſecrets ;
A ces dévots, dont la voix trop habile
A perverti les trois quarts de la Ville.
Que tels eſprits pour nous ſont dangereux !
Petits & Grands, tout eſt gagné par eux.
En pleine Chaire ils ſoutiennent la Grace ;
Et quelle encor ? Ah ! la Grace Efficace.
S'il faut les croire, en tout tems, en tout lieu
On doit aimer, & n'aimer rien que Dieu.
Tout bien ſe fait par Dieu, tout mal par
l'homme.
Pure héreſie, on l'a fait voir à Rome.
Oh ! qu'ils ſont forts avec leur Auguſtin,

Contre Clément on nous le cite envain ;
On a beau dire, il est Saint, c'est un Pere ;
Suffit qu'il soit à la Bulle contraire.
Clement fut Pape, *ergò* ne put errer ;
Pour Augustin, on l'a vû s'égarer.
Mais je reviens à ma premiere thése,
Que dans Paris tout Appellant se taise.
S'il est besoin d'aller plus vîte au fait,
N'avez-vous pas les Lettres de Cachet ?
 Le Cardinal, homme assez pacifique,
Me dit, *Pater*, de votre Rhétorique
Je fais grand cas ; mais il y faut rêver.
Beaucoup de bruit il en peut arriver.
C'est indigner la Cour, la Ville entiere,
Qu'aux gens susdits interdire la Chaire.
Pere, employons quelques moyens plus doux ;
Ne peut-on pas les attirer à nous ?
Ce seroit mieux. D'abord faisons leur dire
Qu'au premier jour on va les interdire,
Même éxiler, s'ils ne sont corrigez.
 Eux, Monseigneur, ce sont des enragez ;
Dis-je à l'instant, rien ne les intimide ;
Vous les verrez d'une audace intrépide
Desobéir à vos commandemens,
Corrompre tout malgré nous & nos dens.
Prenant en tout le contre-pied des nôtres,
Il leur sied bien de faire les Apôtres ?
Quoi de l'exemple appuyant leurs raisons,
Prétendent-ils tout vaincre en leurs Sermons ?

Je m'attens bien que le monde en colere
Crira d'abord : faudra le laiſſer faire.
Quand vous pouvez parler, *De par le Roi*,
C'eſt à vous ſeul de faire à tous la loi.
Et ſi quelqu'un trop hardiment babille,
Qu'il aille en cage inſtruire la Baſtille.
Souffrirons-nous que par tels Preſtolets
Soit arrêté le cours de nos progrès ?
Non, ne pouvant les vaincre, ni ſéduire,
A force ouverte il faut bien les détruire.
S'ils étoient gens comme étoient Maſſillon
Et Surian, (*a*) on changeroit de ton.
Ce ſeroit bien un tour de politique.
Chacun diſoit que par leur Rhétorique
Ces beaux eſprits nous obſcurciſſoient tous.
Qu'avons-nous fait ? d'une pierre deux coups.
En leur mettant Croſſe en main, Mitre en tête,
Nous eſt venu double & ſûre conquête ;
Car auſſi-tôt qu'ils ſe ſont vûs croſſez,
N'ont-ils pas dit, taiſons-nous, c'eſt aſſez ?
D'autres ſans nous prêcheront l'Evangile,
Pour des Prélats c'eſt travail inutile ;
Laiſſant la Chaire ouverte aux aboyans,
Vivons ſans peine en Evêques du tems.
Ils ont fait plus, oubliant leurs Confreres,

(*a*) Meſſieurs Maſſillon & Surian, ci-devant de l'Oratoire, & fameux Prédicateurs ; ſi-tôt qu'ils ont été faits Evêques, ils ont abandonné la cauſe de leurs Confreres, ainſi que la Prédication.

En tout, par tout ils sont leurs Adversaires.
Depuis le tems que le bon Cardinal (*a*)
(Qui fut, dit-on, gagné tant bien que mal)
Nous voulut bien rétablir dans la Chaire,
Nous y prêchons la doctrine ordinaire
Dans tout Paris. Nos fameux Orateurs
Ont le champ libre où répandre des fleurs.
Aussi font-ils ; notre douce Morale
Va triompher jusqu'en la Cathédrale.
Ce ne sont plus discours desesperans
Comme autrefois ; on s'accommode aux
tems.
Donnant un tour à l'austere Evangile,
Nous avons l'art de rendre tout facile.
Qui sçait flatter l'homme en ses passions,
Eprouve peu de contradictions.
Du cœur humain nous sçavons la manie ;
C'est là le fort de notre Compagnie.
Sur tout Segaut. Ah, quel homme divin !
Et bien, il pille un tant soit peu Saurin, (*b*)
La belle affaire ! Eh ! que sert de tant lire,
Si ce n'est pas pour pouvoir le redire
Publiquement ? Si-tôt qu'il nous sert bien,
Qu'il vole, ou non, cela ne nous fait rien.
Voilà les gens qu'il nous faut pour la Bulle.
Non, ces mutins; le cœur plein de scrupule,
Prêchant le Peuple, ils le font trop dévot.

(*a*) Le Cardinal de Noailles.

(*b*) Le Pere Segaut, un des premiers Prédicateurs Jesuites, est accusé de piller impunément les Sermons du Ministre Saurin.

Est-ce à Paris qu'on doit être bigot?
Leur but unique avec leur Rigorisme
Est de donner la vogue au Jansenisme.
Ah! Monseigneur, s'ils prêchent plus long-
tems,
Nous ne verrons par tout que mécréans.
Toute la Ville est bien-tôt Appellante.
Que deviendra la Grace Suffisante?
La Versatille, & l'Equilibre? ô Cieux!
(Là j'élevai comme un béat les yeux)
Souffrirez-vous que notre grand ouvrage
Ecroule ainsi? Quel depit! Quel dommage!
Si j'ose enfin le dire, Monseigneur,
La Bulle à bas, pour vous quel déshonneur?
Chacun sçait bien que cette sainte affaire
Est le seul but de votre ministere.
Quoi? tout l'argent qu'il en coûte aux
François,
Seroit perdu? Non encore une fois,
Mettons en œuvre & la force & les gênes;
Goutons du moins le fruit de tant de peines.
Aussi la Bulle acceptée à Paris,
Tout est à nous; nous remportons le prix.
Le bon Fleuri vaincu par mon langage,
Me dit, *Pater*, il n'en faut davantage.
Tout de ce pas j'en vais parler au Roi,
Puis au Conseil, où tout se fait par moi.
Pourquoi? sur vous le Prince se repose,
Qu'est-il besoin pour si petite chose
De le distraire en ses vastes projets,
Vous réglez seul, lui dis-je, d'autres faits;

Au fond c'eſt vrai, répart ſon Eminence,
Puiſque par vous j'ai carte blanche en
France,
Lançons ſur eux pour vous un interdit
Sans plus tarder. Auſſi-tôt fait que dit ;
Car Ventimille eut reçû l'ordre à peine,
Qu'il l'étendit ſur plus d'une centaine ;
Et je prévois que ce n'eſt pas là tout,
Puiſqu'on commence, on ira juſqu'au bout.
Ces changemens qu'à Paris on va faire,
Nous ſerviront. Pour nous la bonne affaire!
Je vois déja dans un proche avenir
Ce que Paris va bien-tôt devenir.
Grace au Parti de la Morale aiſée,
La Loi de Dieu ſervira de riſée.
Nous n'aurons plus à craindre ces Sçavans
Qui ne cherchoient qu'à convertir les gens ;
Prêtres, Frocards, d'une ignorance ex-
trême,
Vont triompher. La Sorbonne elle-même
En ſes Docteurs ne ſe connoîtra plus ;
Soumiſes aux Loix de l'*Unigenitus*,
Cette Sorbonne autrefois ſi fameuſe
Va devenir une Carcaſſe affreuſe.
Il ne faudra ni ſcience, ni mœurs
Pour s'élever juſqu'aux premiers honneurs.
Tel qui par tout a cauſé du ſcandale
Sera pourvû de Mitre Epiſcopale ;
Comptant pour rien ce qu'il aura commis,
La Cour dira, qu'importe ? il eſt ſoûmis,
Sa ſignature efface tous ſes crimes ;

Il soûtiendra la Bulle & ses maximes,
Cela suffit. Or donc vous jugez bien
Que tels Prélats ne feront pas grand bien
Dans leur Eglise. Abbez, Curez, Chanoines,
Par leur exemple enhardiront les Moines.
Le Peuple instruit par tels Prédicateurs,
N'aura bien-tôt ni foi, ni loi, ni mœurs.
Gens de plaisirs, sans scrupule, sans honte,
De l'avenir ne tiendront aucun compte.
L'*Unigenit*, diront-ils, a raison,
Il faut le suivre. Eh ! quoi, vivons-nous donc
Pour nous gêner ? à Dieu fait-on injure
En se livrant au cours de la nature ?
S'il nous deffend les plus doux des plaisirs,
Pourquoi vers eux volent donc nos desirs?
Pour vivre heureux, n'écoutons que la Bule,
Et nous mocquons d'un remord ridicule.
Voilà le fruit de tous ces interdits
Qu'on lancera chaque jour à Paris.
Que de Sujets vont peupler mon Empire !
L'Enfer à peine y pourra-t-il suffire.
Et bien, amis, voyez si j'ai raison,
Ai-je ordonné Fête hors de saison ?
J'en laisse encor qui font du bruit en Chaire,
Et qui pourtant ne font que de l'eau claire.
Ces inventeurs d'ingenieux *rebus*,
Sont dévoüez à l'*Unigenitus*.
Ces beaux esprits avec leur Rhétorique
N'auront jamais ce ton fort, pathétique,

Qui porte au cœur le desir d'être Saint :
On entre, on sort de chez eux libertin.
Il faut sentir ce qu'on veut faire croire,
Et non prêcher comme on conte une histoire.
Je ris de voir un Abbé gros & gras
Prêcher le jeûne, & ne l'observer pas.
Si par hazard le Sermon est utile,
L'exemple nuit, & dément l'Evangile.
Depuis long-tems Prédicateurs du Roi
Sont les moins bons à lutter contre moi.
De leurs grands mots je connois tout le vuide ;
Et qui ne sçait le motif qui les guide ?
Un Evêché fait leur ambition ;
Aussi l'ont-ils, adieu l'instruction.
Mais à ceci faut-il que je m'arrête ?
Amis, songeons plûtôt à notre Fête.
N'oublions pas la Bulle & ses Auteurs
Dans nos chansons, ce sont nos bienfaiteurs.
Satan se tait, chacun le congratule,
Et tout l'Enfer chante, Vive la Bulle.
 Es-tu content, me dit CHOREGRAPHUS ?
Oüi, Seigneur Diable, on ne peut l'être plus,
Lui répondis-je, & pour grace derniere,
S'il vous plaisoit de quitter ma chaumiere,
Je vous serois encor plus obligé.
J'ai contre vous un certain préjugé....
Avec ta peur tu n'es rien qu'une bête,
Me repart-il, tu ne sçais de la Fête
Que le sujet, dans ma narration

J'allois t'en faire une description.
Onc tu n'as vû si belle Fête en France ;
Aussi Fleuri n'aime pas la dépense.
Je vais chez gens qui n'auront peur de moi ;
On nous connoît chez eux plus que chez toi.
Adieu trembleur. Je me rens au College (*a*)
Où de tout faire on a le privilege.
Sur son Théatre, ainsi qu'à l'Opera,
Un mien Balet demain s'y dansera.
Ce grand Balet de singuliere espece
N'est de Malter, moi seul ai fait la Piece.
Gentils Mignons, qui me sont confiez,
(En ce lieu-là le sçavoir est aux pieds)
Donnent en pas l'histoire de la danse,
Et ses progrès, quel effort de science !
On en verra changez en Animaux,
Faire une entrée en singes, en crapaux.
Les plus experts en l'art des cabrioles
Iront en danse adorer les Idoles.
D'autres feront tours & contorsions
Que l'on prendra pour des convulsions.

(*a*) Le College de Clermont, ou de Loüis le Gr. On fait ici allusion aux Balets indécens qui sont dansés chaque année sur le Théatre de ce College, par des Ecoliers choisis, & par les plus fameux Danseurs de l'Opera. Le Balet de cette année 1732. avoit pour sujet l'*Histoire de la Danse ; son origine, ses progrés & ses caracteres.* Ce Balet, étoit, dit-on, de l'invention du sieur Malter l'aîné de l'Opera. Plusieurs jeunes gens déguisés en animaux, formoient une des principales entrées de ce Balet extravagant. Et cela, le Nonce present.

Viens voir cela, tu le peux sans scrupule;
Le tout est fait en l'honneur de la Bulle.
Aussi le Nonce y viendra-t'il, dit-on,
Pour y donner sa bénédiction.
Adieu, je pars. A ces mots il s'élance
Par la fenêtre, & s'envole en cadance.

FIN.

EPITRE*

A M. Languet, ci-devant Evêque de Soissons & aujourd'hui Archevêque de Sens.

SALUT à vous, Monseigneur de Soissons,
D'un habitant des Petites Maisons
Vous plairoit-il accepter une Epître ?
Et pourquoi non ? un Héros Calotin
(Fut-ce Héros affublé de la Mitre)
Nous est Confrere. A part je mets le titre ;
Non la personne. On m'a dit pour certain
Qu'un échapé de l'Ecole d'Ignace
Près du Dauphin doit avoir une place
Que vous croyez n'appartenir qu'à vous.
Ce passe-droit vous surprend & vous choque.

* Cette Epitre fut faite à l'occasion d'un bruit qui courut, il y a quelque tems, que la Vie de Marie Alacoque avoit empêché M. Languet d'être désigné Précepteur de Monseigneur le Dauphin, & que le Pere Laffitaut Jesuite, aujourd'hui Evêque de Cisteron, devoit avoir cette place.

Prenez-vous en à Marie Alacoque.
Mais non, contre elle ayez moins de courroux ;
Par elle avez honneur, non équivoque.
N'est-il pas beau d'être l'historien (*a*)
De la Calotte ? on ne pourra pas dire
Qu'un si beau nom ne vous a coûté rien ;
Comme celui d'Academicien. (*b*)
On rend justice à votre belle Histoire.
Onc ne s'est vû si merveilleux Phœbus.
Votre Héroïne en son dévot grimoire,
Parle au Seigneur, comme on parle en Cyrus. (*c*)
On n'y voit point le stile sophistique
De l'Ecrivain (*d*) des Avertissemens ;
Il approchoit tant soit peu du bon sens.
C'est aujourd'hui le langage mistique,
Tel qu'au besoin en use un Capucin.
Mais j'entrevois votre secret dessein ;
N'étoit-il pas de nous donner à rire ?
D'un Calotin c'est là le vrai délire ;
Il veut en tout paroître original.
Continuez, cela ne va pas mal.
Vous avez fait vraiment un coup de maître.
Présentement chacun vous veut connoître.

(*a*) Brevet d'Historiographe du Régiment de la Calotte, donné à M. Languet.

(*b*) Il est de l'Academie Françoise, comme bien d'autres ; on ne sçait pourquoi.

(*c*) Fameux Roman de Mlle Scudery.

(*d*) On attribuë à M. Tournely les Avertissemens.

Quoi? c'est donc là, dit-on, ce grand Auteur?
Que je le voye, ah! quelle énorme tête? (*a*)
A son air lourd, & son maintient de bête
Le prendroit-on pour un fin Enchanteur?
Si cependant, après Monsieur son frere, (*b*)
Nul ne sçait mieux les tours de gibeciere.
Pour vous donner un si terrible saut,
Il ne falloit pas moins qu'un Laffitaut.
Ce trait est noir, mais doit-il vous surprendre?
A pis encor vous pouvez vous attendre,
En vous livrant à la Societé.
Ignorez-vous qu'elle n'a point d'amis?
Son interêt lui rend seul tout permis.
Pour vous donner le plus grand ridicule,
(Ce stratagême est bien de son esprit)
Sous votre nom elle a mis cet Ecrit,
Digne vraîment des Auteurs de la Bulle.
Pour les punir rendez-vous Appellant,
Ou tout au moins faites-en le semblant.
Mais non, ce titre est trop incompatible
Avec celui qu'avez au Regiment.
Que faire donc après ce coup sensible?
Je n'en sçais rien; consolez-vous pourtant.
Quand à Paris vous ferez un voyage,
(Ce que dans peu vous ferez sûrement)
Nous vous offrons chez nous un logement,

(*a*.) Il est très épais de corps, & assez grossier d'esprit.

(*b*) Le Curé de saint Sulpice.

Il vous eſt dû pour votre bel Ouvrage.
Vous y parlez ſi bien notre langage,
Qu'on le croiroit fait par nous ou pour nous:
Mais quoi ! j'apprens une grande nouvelle.
Rendant juſtice enfin à votre zéle,
Fleury vous nomme Archevêque de Sens.
Quand on fait bien la guerre aux Janſeniſtes,
Avec la Cour on ne perd point ſon tems.
Pour s'avancer vivent les Moliniſtes.
On me dira qu'on ne vit pas toûjours,
Qu'il faut penſer à la vie éternelle.
Pourquoi la craindre ? on ne croit plus en elle.
Mais taiſons-nous, ou changeons de diſcours;
Pour nous ces faits ſont trop de conſequence,
Mais pardonnez, les foux ſont ſans prudence.
En verité je ris quand je vous vois
Quittant Soiſſons, crier à haute voix;
C'eſt à regret, chere épouſe que j'aime,
Que je te laiſſe, & vais en autres lieux
Pour accomplir la volonté ſurprême.
Que mes pleurs ſeuls te faſſent mes adieux:
Crois-en mon cœur encor plus que mes yeux.
Ne pleurez pas, Soiſſons n'eſt point jalouſe
Que vous preniez une plus riche Epouſe.

Daigneriez-vous écouter mes avis,
Etant d'un homme à cervelle en démence,
Ils vous plairont, Calotine Eminence,
Puisqu'à Soissons vous les avez suivis.
Çà, commencez par purger votre Ville
De ces mutins, Appellans au Concile.
Qu'ils vivent bien, qu'ils soient de grands Docteurs,
Pour soûtenir le sistême à la mode
Il s'agit bien de sçavoir & de mœurs?
De Chavigni ne suivez la méthode. (*a*)
Le bon Prélat étoit trop indolent;
Au fond du cœur il sembloit Appellant.
Pour vous, ami du trouble & de la guerre,
Faites d'abord gronder votre tonnerre.
Que craignez-vous, ayant la Cour pour vous?
Tout doit se rendre, ou périr sous vos coups.
Pour Augustin, pour Thomas, point de grace;
Ils sont trop durs pour l'*Unigenitus*;
Et leur morale est vieille, on n'en veut plus.
Mais parlez-moi des Casuistes d'Ignace,
Ils font aller au Ciel plus doucement.
Soyez bon Prince; oubliez que ces Peres
Vous ont taillé, comme on dit, des croupieres.
Dites d'abord dans un long Mandement
Qu'on vous fera, que la Sainte Ecriture

(*a*) Prédecesseur de M. Languet.

N'est pas pour tous une bonne lecture ;
D'où conclurez, quoi qu'indirectement,
Faut s'abstenir du Nouveau Testament.
Prêchant de plus en votre Cathédrale,
(Ce que Prélats font assez rarement)
Vous instruirez, en dépit du scandale,
Vos habitans en la douce Morale.
Dites sur tout que l'on peut aimer Dieu,
Mais sans l'aimer en tout tems, en tout lieu.
Si par amour pour le sistême austere (*a*)
Le Jansenisme ose vous critiquer,
Sans lui vouloir en forme répliquer,
De par le Roi, faudra le faire taire ;
C'est le plus court pour finir une affaire.
Bref en prêchant, de plus faisant le mal,
Vous deviendrez l'ami du très-saint Pere ;
Tant qu'à la fin vous serez Cardinal.
Le fait est sûr, quoiqu'un fou le présage.
Mais quoi ? je parle ici comme un vrai sage ;
C'est signe sûr que je suis des plus fous.
Doit-on parler sagement avec vous ?
Le trait est fort ; le tout est dit pour rire ;
Gens comme nous ont le droit de tout dire,
Sur tout le vrai. L'on sçait que quelquefois
Le sage même emprunte notre voix.
Mais c'est par trop, vous rendant ridicule,
Turlupiner un Héros de la Bulle.

(*a*) Allusion à la dispute qu'a M. de Sens avec ses Curés, & la plus saine partie de son Diocése, au sujet de l'amour de Dieu. Il ne répond que par Lettres de Cachet.

Adieu vous dis, Archevêque de Sens.
Signé, Jean-Gilles, à l'Hôtel du bon Sens.

FIN.

VERS

Sur les Miracles de M. l'Abbé Paris.

CEssez, Controversistes,
D'argumenter sur l'*Unigenitus*.
Paris rend aujourd'hui vos Ecrits superflus.
Ignatiens, Quénelistes,
Imitez ce saint Diacre, & ne disputez plus.
Son tombeau leve tout scrupule.
Il aprend à connoître & l'Apel & la Bulle.
C'est envain que la Bulle a pour elle Clement.
Paris est dans le Ciel. Paris fut Appellant.

EPIGRAMME

Sur le Concile d'Ambrun.

DIeu Paternel ! verra-t'on la Morale
Qu'a mis au jour une noire Cabale,
Anéantir nos Articles de Foi,
De Dogmes faux traiter ta sainte Loi ?
O tems ! ô mœurs ! on détruit l'Evangile ;
En quel endroit ? Grand Dieu ! dans un Concile.

RONDEAU

Sur la dispute des Avocats du Parlement de Paris avec les Prélats Molinistes, au sujet de la Juridiction Ecclesiastique.

C'Est fait de vous, Nosseigneurs les Prélats,
Si vous luttez contre les Avocats.
Sans, comme vous, d'autrui prendre assistance,
Ils n'emploiront que leur propre vaillance.
Ils font la guerre en courageux Soldats.

Que vos Ecrits fassent bien du fracas.
Depuis long-tems les sots seuls en font cas.
Le *galbanum* n'est plus de mise en France.
C'est fait de vous.

Devant ces gens mettez pavillon bas.
Vous ne pouvez vous tirer d'un tel pas
Qu'en implorant la Cour & sa puissance.
Que deviendra votre vaine arrogance?
Si par le Roi vous ne répondez pas, (a)
C'est fait de vous.

(*a*) Allusion à l'Arrêt du Conseil qui défend aux Avocats d'écrire sur la matiere en question.

PROSOPOPE'E

Sur la rentrée des Avocats en 1731.

Siécles futurs, vous ne pourrez le croire.
Quoi ! ce Corps si fameux oublie ainsi sa
gloire ?
Auroit-on jamais crû l'Ordre des Avocats
Si facile à mener, & sur-tout si crédule ?
Prevôt, *(a)* on le voit bien, ne le conseil-
loit pas.
Dans un point décisif hazarder sans scrupule
Un pas, ce n'est qu'un pas, mais qui fait tout
pourtant.
Et sur la foi de qui ? de la Cour, d'un Nor-
man. *(b)*
S'ils ont en leur démarche entiere réüssite,
Tant mieux, ne sont-ils pas plus heureux
que prudens ?
Le succès justifie, il est vrai, leur conduite ;
Mais avoüons qu'en certain tems
Un heureux pas de clerc confond les Politi-
ques.
Fions-nous à la Cour, quand elle ne suit pas
Les Conseils fanatiques
De l'outré Molinisme, & surtout des Prélats.
Fions-nous aux Normans, quand ils sont
Avocats.

(*a*) Il étoit alors en éxil.

(*b*) Fameux Avocat, & habile Négociateur.

EPITRE AUX MOLINISTES.

ECoutez-moi, Gens de l'heureux Parti,
Je ne dis pas du bon, j'aurois menti.
Pour Dieu cessez, Messieurs les Molinistes,
De mettre à mal les nommez Jansenistes,
A supposer que ce nom soit bien dû
A ceux qui n'ont qu'un peu trop de vertu.
Que vous ont fait des gens si respectables,
Pour les traiter comme vauriens pendables?
Bien mieux vaudroit nous montrer leurs erreurs.
De notre Loi sont-ils donc transgresseurs?
Que trouvez-vous à reprendre en leur vie?
Vous feroit-elle ou honte, ou bien envie?
Expliquez-vous; pour condamner les gens,
Encor faut-il sçavoir s'ils sont méchans,
Car de juger le monde sans l'entendre,
Vous m'avoûrez que c'est très mal s'y prendre.
Ils sont sans doute un peu trop scrupuleux;
On ne vit pas, si-tôt qu'on vit comme eux.
En fait de mœurs, ainsi que de science,
Entr'eux & vous est grande difference.
Sur ces deux points, & sur d'autres encor
Votre parti n'est, bien sûr, le plus fort.
Mais vous avez la Cour, Rome & sa foudre,

Cela suffit pour les réduire en poudre.
Si ces gens ont pour eux la vérité,
Le plus grand nombre est de votre côté.
Toûjours parler de Charité, de Grace,
N'est-il pas vrai ? cet Evangile lasse.
Faire l'aumône, être juste, humble & pur;
Pour notre tems ce sistéme est trop dur.
Cette Morale autrefois étoit bonne,
Mais à present on n'y force personne.
Sur le salut on est bien plus humain,
Que n'étoient Paul, Chrysostome, Augustin;
Ils n'étoient bons qu'à mettre le scrupule
Dans tous les cœurs. Mais Clement par sa Bulle
A bien fait voir à tous nos saints Docteurs
Qu'ils erroient fort, qu'ils étoient Novateurs,
Et que Quesnel fauteur de leur Morale,
Aussi-bien qu'eux, causoit par tout scandale.
Pour remplacer ces Ecrits dangereux,
Qui sont proscrits comme trop scrupuleux;
Nous sont venus gentils Auteurs modernes;
Les beaux conteurs en fait de balivernes;
Mais deux sur tout, Languet & Bernier
Ont remporté le prix à ce métier.
L'un en contant dans sa burlesque histoire
Faits que d'un fou l'on auroit peine à croire.
Son Héroïne à Dieu tient des discours
Qui serviront aux Catins de nos jours
Pour leurs Amans. Le Diable & sa sequelle
Lui font des tours inventés que pour elle.
Bref saint Antoine en ses tentations

Onc n'a souffert tant de vexations.
Tous ces *rebus* d'Alacoque en démence
Sont pour prouver l'aveugle obéissance.
Quoi ? devons-nous renoncer au bon sens
Pour être dits Chrétiens obéissans ?
Messer Languet, en nous contant des fables,
Vous les deviez rendre au moins vrai-semblables.
Votre Roman est, & sera toûjours
Le deshonneur des Prélats de nos jours.
L'autre prenant quelque Sanchez pour guide,
Sur la tendresse a mieux écrit qu'Ovide.
Voulant montrer qu'un Jesuite a bien pû
Parler d'amour à lui presqu'inconnu.
(Qu'aucun ici ne glose, je vous prie,
Par lui j'entens toute sa Compagnie.)
Grace à l'Auteur, nos plus grands libertins
Avec plaisirs liront les Livres saints.
Ils y verront belle Morale à suivre.
L'Auteur, dit-on, veut corriger son livre ;
C'est tems perdu, rien n'est à réformer,
Ou, disons mieux, tout est à supprimer.
Mais, dira-t'on, pourquoi tant de scrupule
Sur cet ouvrage ? il suit en tout la Bulle ;
Atqui la Bulle est reçûë en tout lieu ;
Donc Bernier en son *Peuple de Dieu*....
Je vous entens. La seule conséquence
De l'Argument prouve ce que j'avance,
On voit par là que l'*Unigenitus*
Est & sera source de tout abus.

Si les effets font connoître les causes ;
Les faits aussi nous font juger des choses :
On sçait le mal que la Bulle a causé.
Or je finis par où j'ai commencé.
Pour Dieu cessez, Messieurs les Molinistes ;
De mettre à mal ces pauvres Jansenistes,
A supposer que ce nom soit bien dû
A ceux qui n'ont qu'un peu trop de vertu.

FIN.

CHANSON

Au sujet des Miracles de M. l'Abbé Paris.

Sur l'Air des *Pendus.*

OR écoutez, Grands & petits,
Comment Monsieur l'Abbé Paris,
En dépit de Rome & du Pape,
Fait (car ce n'est point une attrape)
Des Miracles aussi certains,
Qu'en pourroient faire de vieux Saints.
Mais de tous le plus surprenant,
C'est qu'étant mort en Appellant,
Damné, dit-on, comme Héretique ;
A la Bulle il fasse la nique,
Jusqu'à faire accroire en tout lieu
Qu'il est écouté du bon Dieu.
Ne vous avisez pas d'aller
Sur son Tombeau pour le railler ;
Vous resteriez paralytique,
(Chose assûrée & bien tragique.)

Qui ne connoît pas son pouvoir,
A l'Hôtel-Dieu peut l'aller voir. (a)
Notre Archevêque cependant
Dans un long & beau Mandement
Affirme comme chose sûre,
Que ce n'est rien qu'une imposture;
Mais ceux que le Saint a guéris,
Lui donnent bien des démentis.
Pour moi, sans disputer sur rien
(Car je suis simple & bon Chrétien)
J'ai de plus en plus du scrupule
Sur cet Ecrit nommé *la Bulle*.
Avant elle en paix on étoit,
Le bien sans crainte se faisoit.
D'un côté je vois un Girard
Hipocrite, adroit, papelard,
Corrompant les femmes & filles;
(Chose à croire bien difficile)
Car on dit que ces Loyolas
Aux Dames ne s'arrêtent pas.
Qu'importe qu'à force d'argent
Tant bien que mal on l'ait fait blanc,
Le Public en Juge équitable,
L'a crû, le croit toûjours coupable,
Ceci prouve qu'il est permis
De tout faire avec des amis.
D'autre côté je vois des gens
Edifier, quoiqu'Appellans,

(a) La veuve Delorme étant allée par dérision au Tombeau de M. Paris, fut attaquée subitement de paralysie, & conduite à l'Hôtel-Dieu.

Opérer même des miracles
Malgré tous les plus grands obstacles.
Le Pape à Rome crie envain,
Paris n'en est pas moins un Saint.
  Que Paris soit Jansénien,
Puisqu'il est Saint, ça ne fait rien;
En lui j'aurai ferme croyance.
Je compte pour rien l'Ordonnance (a)
Qui semble défendre au bon Dieu
De guérir les gens au saint lieu.
  Or prions le doux Rédempteur,
Qu'ainsi que son grand Serviteur,
Nous ne suivions que l'Evangile,
Fût-il encor plus difficile.
Songeons que nous ne serons pas
Toûjours habitans d'ici bas. FIN.

(a) L'Ordonnance du 29. Fevrier 1732. qui a fait fermer les portes du Cimetiere de saint Médard, où est enterré M. Paris.

PORTRAIT DES JESUITES.

CAPRICE SATIRIQUE.

JE méditois quelques vers ce matin,
Et ne sçais plus quelle en étoit la fin.
Rappelle-moi, Démon de la Satire,
Sur quel sujet j'avois dessein d'écrire.
Belle demande ! eh, parbleu ! sur ces Gens
Qui, comme chats, sont sur pieds en tout
    tems,

Et qui par tout remportent la victoire.
Bon, grand merci; j'ai si courte memoire
Que c'est pitié. Commençons pour finir.
S'il m'est possible, il me faut définir
Un vrai Jesuite. Est-il homme ? est-il Diable?
Seroit-ce donc énigme inexplicable
Que ce Prothée ? il est tout, il n'est rien,
Selon les lieux, le tems, selon son bien.
C'est un Démon en fait de politique.
Il est Laïc, Moine, Ecclesiastique;
Humble en un lieu dont il veut s'assurer;
Il souffre tout pour mieux s'en emparer.
Mais le tient-il, il y commande en maître,
On voit alors quel est l'esprit du traître.
Son sûr moyen dêtre aimé dans les Cours,
C'est de flater les Grands dans leurs amours.
Notre vilain à ce manége prime.
Doux Confesseur, il excuse le crime.
Débauche infame est passe-tems permis.
Ainsi par lui tous péchés sont remis.
Dans les beaux Arts, Histoire, & Poësie
Il brille assés; pour la Théologie
N'est pas son fait : Et je ne sçais pourquoi
Ils veut se rendre arbitre de la Foi.
Ne croyés pas qu'il se comporte en France
Comme à la Chine; il a trop de prudence.
Ici toujours patelin & soumis,
Par tours secrets il se fait des amis.
Pour vous leurer il fait le bon Apôtre;
Chez l'Etranger sa rubrique est toute autre.
Dans un Comptoir ce Mandarin Banquier

Au plus dur Juif apprendroit son métier.
Puis on le voit en Apôtre commode
Faire encenser Jesus & la Pagode,
Et dans l'éxcès de ce coupable abus
Au Dieu du ciel joindre *Confucius*.
Chacun sent bien pourquoi ces Politiques
Ont eû recours à semblables pratiques.
Si par hazard l'ont leur dit qu'ils font mal,
On a le sort qu'eut un saint Cardinal. (*a*)
Il s'avisa de reprendre leur culte;
Qu'ils sçurent bien se vanger de l'insulte!
Rome n'a plus d'infaillibilité
Dès qu'elle touche à la Societé.
Contre elle un Pape envain fait une Bulle (*b*)
Nos Mandarins s'en mocquent sans scrupule!
Je ne dis pas qu'il ne soit parmi eux
D'honnêtes gens; mais qu'ils sont malheureux.
Si-tôt qu'on est de cette Compagnie,
Au General il faut qu'on sacrifie
Ses sentimens, son honneur, son salut,
Et malgré soi tendre en commun au but.
Or en deux mots voici tout leur sistême;

(*a*) Le Cardinal de Tournon mort en prison pour avoir repris le Culte Chinois des Jesuites.

(*b*) Clement XI. donna en 1705. une Bulle contre les Cultes Chinois que les Jesuites permettoient à leurs Proselytes; mais ces Peres qui prêchent tant l'obéissance aveugle qu'on doit aux Superieurs, refuserent de s'y soumettre, attendu, dirent-ils, que Sa Sainteté n'avoit pas mis son Rational.

Avoir par-tout la puissance suprême;
En feu tout mettre : éteindra qui poura
Cet incendie. Est-ce un but que cela ?
Dès que voyés manœuvre Jesuitique,
Dites si-tôt, cet œuvre est Diabolique.
Le fait est sûr, avec leur bel esprit
Ce sont vauriens; vauriens que Satan fit.
Oüi, tôt ou tard la maudite canaille
Au feu d'Enfer brulera comme paille.
Pour les connoitre en tout d'original,
Ne lisés rien que la Bulle & Pascal.

F I N.

VERS pour être mis au bas du veritable Portrait du Pere Girard Jesuite.

REgarde avec horreur cette affreuse figure, (a)
Il semble à voir ces traits, que l'art & la nature
Se soient étudiez à le former si laid.
Du parfait scélerat c'est aussi la peinture.
Qui ne reconnoît pas Girard à ce portrait ?
Cesse d'être étonné de voir cet hipocrite
Vivre encor, triomper après ce qu'il a fait.
Quoi donc ? ne sçais-tu pas que Girard est Jesuite ?
Ou bien ignores-tu que la Societé
Peut tout faire [illegible] s avec impunité ?

(a) Ce Pere [illegible]

www.ingramcontent.com/pod-product-compliance
Ingram Content Group UK Ltd.
Pitfield, Milton Keynes, MK11 3LW, UK
UKHW020501230726
13925UKWH00005B/2064

9 782014 052886